AF326315

1884 Avril 17

VUES DE VENISE

TABLEAUX & AQUARELLES

PAR

AMÉDÉE ROSIER

PARIS — AVRIL 1884.

IMPRIMERIE DE L'ART

CATALOGUE

VUES DE VENISE

TABLEAUX ET AQUARELLES

PAR

AMÉDÉE ROSIER

VENTE

A L'HOTEL DROUOT, SALLE N° 5

Le Jeudi 17 Avril 1884, à 3 heures précises.

Par le Ministère de Me **LÉON TUAL**, commissaire-priseur,

39, rue de la Victoire, 39

Assisté de **M. PAUL DETRIMONT**, expert. 27, rue Laffitte.

EXPOSITION PUBLIQUE

Le Mercredi 16 Avril 1884, de une heure à cinq heures

CONDITIONS DE LA VENTE

La vente aura lieu expressément au comptant.

Les acquéreurs payeront en sus des enchères *cinq pour cent* applicables aux frais.

Paris. — Imp. de l'Art, J. Rouam, 41, rue de la Victoire.

DÉSIGNATION

TABLEAUX

1 — Le Canal San Cassiano.

Haut., 66 cent.; larg., 41 cent.

2 — Venise le matin.

Haut., 29 cent.; larg., 37 cent.

3 — Matinée de brouillard.

Haut., 25 cent.; larg., 40 cent.

4 — Le Môle.

Haut., 27 cent.; larg., 40 cent.

5 — Soleil couchant dans la lagune.

Haut., 15 cent.; larg., 23 cent.

6 — Entrée du Grand Canal; effet d'orage.

7 — Venise; vue prise de la rue Garibaldi.

Haut., 32 cent.; larg., 21 cent.

8 — Dans le Canareggio.

Haut., 26 cent.; larg., 40 cent.

9 — Un Canal à Venise.

Haut., 28 cent.; larg., 20 cent.

10 — Barques chioggiottes.

Haut., 23 cent.; larg., 25 cent.

11 — Le Jardin public; lever de lune.

Haut., 36 cent.; larg., 52 cent.

12 — Soleil couchant.

Haut., 35 cent.; larg., 5o cent.

r3 — Venise le matin.

Haut., 32 cent.; larg., 4o cent.

14 — Le Matin dans le canal Saint-Marc.

Haut., 28 cent.; larg., 38 cent.

15 — Le Canal Saint-Marc.

Haut., 29 cent.; larg., 43 cent.

16 — Dans la lagune, à Venise.

Haut., 32 cent.; larg., 5o cent.

17 — Le Grand Canal vu du palais Grimani.

Haut., 31 cent.; larg., 4o cent.

18 — La Pointe de la Douane; soleil couchant.

Haut., 32 cent.; larg., 4o cent.

19 — Venise ; soleil couchant.

Haut., 23 cent.; larg., 38 cent.

20 — Une Fête à Venise.

Haut., 22 cent.; larg., 32 cent.

21 — Barques de pêche dans la lagune.

Haut., 22 cent.; larg., 30 cent.

22 — Le Matin à Venise.

Haut., 19 cent.; larg., 23 cent.

23 — Vue de Venise prise de Saint-Georges.

Haut., 25 cent.; larg., 35 cent.

24 — Venise au crépuscule.

Haut., 27 cent.; larg., 37 cent.

25 — Le Jardin public ; clair de lune.

Haut., 22 cent.; larg., 40 cent.

26 — L'Église Santa Maria della Salute.

Haut., 66 cent.; larg., 41 cent.

27 — Le Port de Venise.

Haut., 35 cent.; larg., 46 cent.

28 — Barques chioggiotes quittant Venise.

Haut., 38 cent.; larg., 21 cent.

29 — Brick goëlette devant Venise.

Haut., 75 cent.; larg., 1 m. 25 cent.

30 — Navire anglais dans le port de Venise.

Haut., 24 cent.; larg., 35 cent.

31 — Le Matin à Venise.

Haut., 24 cent.; larg., 34 cent.

32 — Soleil couchant dans la lagune.

Haut., 20 cent.; larg., 38 cent.

33 — Le Quai des Esclavons le matin.

Haut., 29 cent.; larg., 46 cent.

34 — Vue générale de Venise.

Haut., 25 cent.; larg.. 45 cent.

35 — Le Canal Saint-Marc.

Haut., 28 cent.; larg., 37 cent.

36 — Soleil couchant; environs de Venise.

Haut., 38 cent.; larg., 58 cent.

37 — Barques de Chioggia.

Haut., 38 cent.; larg., 58 cent.

38 — Navire marchand quittant le port de Venise.

Haut., 38 cent.; larg., 58 cent.

39 — Le Palais ducal et Saint-Marc.

Haut., 32 cent.; larg., 26 cent.

40 — Venise, vue du jardin public, le matin.

Haut., 25 cent.; larg., 23 cent.

41 — Venise le matin.

Haut., 2⟋ cent.; larg., 35 cent.

42 — Crépuscule dans la lagune.

Haut., 15 cent.; larg., 23 cent.

43 — Le Canal Saint-Marc, le soir.

Haut., 15 cent.; larg., 23 cent.

44 — Saint-Georges Majeur, au crépuscule.

Haut., 15 cent.; larg., 23 cent.

45 — Le Quai des Esclavons.

Haut., 15 cent.; larg., 23 cent.

AQUARELLES — GOUACHES

RED. :

16

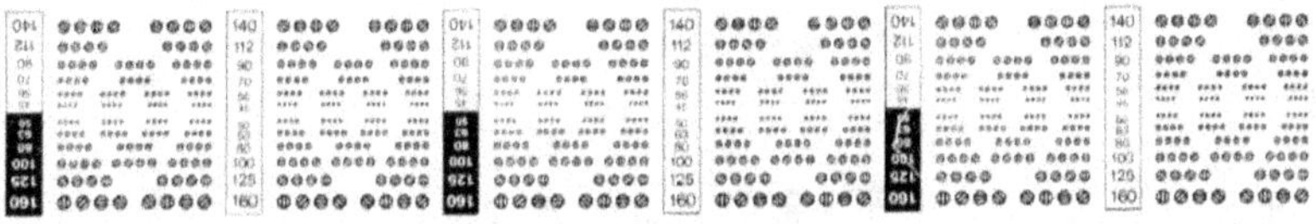